COLLECTION DE
M. ALBERT BERNIER

ET

Tableaux appartenant à divers Amateurs

Me LOUIS GARNAUD
COMMISSAIRE-PRISEUR
115, FAUBOURG POISSONNIÈRE

Me F. LAIR-DUBREUIL
COMMISSAIRE-PRISEUR
6, RUE FAVART

J. & Gve BERNHEIM JEUNE
EXPERTS PRÈS LA COUR D'APPEL
25, Bd DE LA MADELEINE

COLLECTION

DE

M. ALBERT BERNIER

ET

TABLEAUX APPARTENANT A
DIVERS AMATEURS

MODERNE IMPRIMERIE
9, RUE ABEL-HOVELACQUE
PARIS

Catalogue des Tableaux

PAR

BONNARD, CAILLEBOTTE, CALS, CAMOIN, CARRIÈRE, CLARY, Lucie COUSTURIER, CROSS, Maurice DENIS, DIRIKS, DUFRENOY, Georges D'ESPAGNAT, GAUGUIN, GIRIEUD, GOYA, Charles GUÉRIN, GUILLAUMIN, GUILLOUX, JONGKIND, LAPRADE, LEBASQUE, LE GOUT-GÉRARD, Georges LEMMEN, MANET, MANZANA, MONIER, MONTICELLI, PICASSO, Camille PISSARRO, RANSON, RENOIR, K.-X. ROUSSEL, SEYSSAUD, TEN CATE, VIGNON, VUILLARD, WILDER.

appartenant à

M. ALBERT BERNIER

ET DIVERS AMATEURS

& dont la vente aux enchères publiques aura lieu, à Paris

HOTEL DROUOT, SALLE No 11

le mercredi 23 novembre 1910, à 2 heures 1/2

[illegible]	[illegible]
COMMISSAIRE-PRISEUR	COMMISSAIRE-PRISEUR
115, faubourg Poissonnière	6, rue Favart

[illegible]

EXPERTS PRÈS LA COUR D'APPEL

25, boulevard de la Madeleine; 15, rue Richepanse;
36, avenue de l'Opéra

Exposition : le mardi 22 novembre 1910 de 2 heures à 6 heures

CONDITIONS DE LA VENTE

Elle sera faite au comptant.

Les acquéreurs paieront dix pour cent *en sus des enchères.*

« Dis-moi qui tu hantes, je te dirai qui tu es. » Je pense qu'on peut, à la lumière de ce dicton populaire, comprendre l'âme du collectionneur, j'entends du vrai collectionneur, celui qui a réuni avec un patient amour dans son logis les œuvres de quelques artistes d'élection. Il est bien évident que la sensibilité n'est pas la même d'un homme qui accroche aux murs de son salon des Gérôme ou des Abel de Pujol (si tant est que puisse se rencontrer un tel homme) et de celui qui s'entoure de Rodin, de Renoir, de Cézanne et de Van Gogh.

Est-il besoin d'ajouter à qui des deux va notre sympathie ?

Et voilà pourquoi, sans que je connusse encore M. Albert Bernier, et dès que l'on me fit savoir les noms des coloristes qu'il avait groupés, je me sentis en communion de sentiment avec un amateur aussi délicat, et tout heureux d'écrire quelques lignes en guise de préface au présent catalogue.

Ces toiles de Renoir, de Bonnard, de Vuillard, de Roussel, de Denis, M. Bernier s'en sépare à regret. Je crois qu'il répéterait volontiers le mot de Mazarin, regardant avec mélancolie ses peintures, ses marbres, ses tapisseries, ses cabinets d'ébène, d'ivoire et d'écaille : « Il va donc falloir quitter tout cela ! »

Charles Péguy aime à dire qu'il y a deux sortes d'êtres : le mystique et le politicien ; le mystique tout à son rêve, le politicien escomptant les avantages positifs de ses actes et de ses paroles. Certains collectionneurs sont des mystiques, qui se donnent la pure joie de rechercher les beaux artistes révolutionnaires (les révolutionnaires d'aujourd'hui sont les classiques de demain) ; d'autres — les collectionneurs-politiciens — spéculent, supputent, jouent à la Bourse des valeurs... Et chacun sait que les valeurs sont plus justes chez Corot que chez Meissonier.

M. Bernier, ayant eu le courage et le goût de s'adresser à des peintres rares, sera pleinement récompensé de son méritoire effort. Ces maîtres qu'il a aimés, à un moment où le public les méconnaissait quand il ne s'en gaussait pas — voici aujourd'hui qu'ils apparaissent victorieux, et que la foule moutonnière s'incline devant leur talent robuste ou nuancé.

Vuillard, Denis, Roussel, Bonnard, pour ne parler que de ceux-là, de qui figurent en cette collection des œuvres de haute qualité, sont désormais des auteurs classés ; ils ont recueilli l'héritage de gloire des impressionnistes, définitivement entrés dans l'histoire de l'art moderne, ils sont les peintres aimés de l'élite ; les galeries les plus hermétiques se disputent leurs ouvrages. Et les musées de l'avenir les hospitaliseront équitablement.

***

Je me garderai bien d'analyser le talent des peintres chers à M. Bernier. Des critiques comme Théodore Duret, Roger Marx, Mirbeau, Geffroy, Thadée Natanson, Fénéon ont suffi à cette tâche. Je risquerais de retarder en expliquant pourquoi Renoir est immortel. La cause est entendue et la bataille gagnée. Permettez cependant que nous nous arrêtions devant les perles de la collection Bernier.

Voici un portrait de Goya. Jamais le peintre aragonais ne fit preuve de plus de lucide pénétration. Il a lu son modèle et l'a recréé. Est-ce un politique, un diplomate, un courtisan ? Je ne sais. Mais l'effigie est profonde et vit avec force sous nos yeux. Les réalistes espagnols du XVIe et même du XVIIe siècle étaient d'âpres catholiques se délectant, en virtuoses de la mort, aux spectacles sombres et terribles, aux scènes d'agonie. Goya, lui, regarde la vie, passionnément, et la jette sur sa toile.

Voici des modernes, et des Français : Cals, Monticelli, joaillier féerique ; Pissarro et ses vergers ; Gauguin, Manet, Jongkind ; Caillebotte le généreux ; Carrière le psychologue.

Voici Renoir. M. Bernier avait choisi de lui une adorable « Fille en corset » que l'on va se disputer. C'est un hymne de joie et de jeunesse ; l'exécution est lisse à la fois et onctueuse, du kaolin qui serait de la chair. On souhaiterait caresser cette fille, en tout bien tout honneur, uniquement pour la beauté *picturale* du morceau, de même que les amateurs de faïences persanes aiment à palper la panse d'un pichet ou les rondeurs d'une buire.

Avec Renoir, les préférés de M. Bernier sont Maurice Denis, Roussel, Vuillard et Bonnard.

La grande « Plage » rose et bleue, de Maurice Denis est un de ses meilleurs ouvrages. Tous les dons de ce jeune maître y fleurissent aimablement, gaucherie exquise et désir élevé de perfection, science consommée et bienheureuse naïveté, souci d'idéaliser et besoin de s'attacher à la nature, sensualité et chasteté. Et ces diverses antinomies s'intègrent merveilleusement et se concilient dans l'art de Maurice Denis. Nul n'est plus de notre temps que ce primitif, petit-fils des giottesques et filleul de Cézanne. Le rythme de la composition, l'architecture des plans, la vénusté et la plénitude des formes, le candide naturel des gestes, la suavité des expressions, la séduction du coloris, tout concourt ici à conférer au spectateur une joie fine et pure, à le persuader, à le rassurer. L'éloquence de Maurice Denis est bienfaisante. Il se souvient du précepte d'Ingres: « La belle forme, ce sont des plans droits avec des rondeurs. »

Près de ce poète, voici un autre poète et un autre musicien, Roussel. Il suggère plutôt qu'il ne décrit. Ses rêves antiques ne sont pas ceux d'un parnassien ; il évoque les clairières sereines où les chèvre-pieds guettent les nymphes rieuses, où dansent les faunes râblés et les pervers satyreaux, où s'ébat et titube le bon Silène. Théocrite, Virgile, Corot sont ses dieux, et cette antiquité n'est jamais livresque, mais sent la nature, qui est la même en Hellade ou à Ville d'Avray, avec Corot ; dans les bosquets agrigentins ou les bois de l'Etang-la-Ville, avec Roussel.

Vuillard nous ramène des forêts grecques aux intérieurs parisiens, et du paganisme à l'intimisme. Intérieurs bourgeois, humbles ou fastueux, son génie perceptif sait tout capter, tout aimer, tout traduire; il ne détache pas la créature du cadre et du décor où elle se meut, mais l'envisage et la restitue comme une partie d'un tout, comme une fleur d'un bouquet, comme une des voix de l'orchestre. Tentures murales, soieries, lainages, visages, anémones, meubles et gens, robes et femmes, sourires et parfums, tout cela est vu avec une égale affection, qui n'est indifférente à rien. C'est précieux et pourtant simple, raffiné et savoureux, indiqué et fini.

Quant à Bonnard, faut-il opposer l'ingénuité de son

humour, la spontanéité de son instinct et de sa sensibilité à la sérénité de Roussel ou à la raison de Maurice Denis ? Non pas. Ces peintres sont d'accord, en art comme dans la vie. La vérité est une et multiple.

Et M. Bernier doit être félicité d'être allé droit à ceux-là, plutôt qu'à d'autres, virtuoses insincères dont nous oublions déjà les noms.

Dirai-je enfin l'éblouissement lyrique de Cross, que la mort vient d'emporter, mais de qui l'œuvre demeure ; la grâce de Charles Guérin, qui peignit des promeneuses parées de divertissantes jupes évasées, empesées de crinolines, jupes vertes et vieux rose, aux « coruscations de corolles » selon le dire de Marius-Ary Leblond.

Je ne cite que pour mémoire les Ranson, les Wilder, les Diriks, d'Espagnat, Laprade, Dufrenoy, Camoin, Manzana, Lucie Cousturier, Picasso, Lemmen, etc., que vous verrez encore ici. J'ai tenu à signaler l'essentiel, assuré que les amateurs s'inspireront, en leurs choix, du goût sûr et délicat qui a formé cette brillante collection.

LOUIS VAUXCELLES.

Les tableaux numérotés 1, 8, 12, 14, 15, 19, 20, 22, 29, 30, 43, 44, 45, 46, 47, 48, 54, 55, 56, 57 constituent la collection de M. Albert Bernier.

Les autres appartiennent à divers amateurs.

BONNARD

LE PARC

Procédé Bernheim Jeune.

BONNARD

T A B L E A U X

BONNARD

1. Le parc.

Sur la pelouse ou sur le chemin qui la coupe, un garçonnet, dans un fauteuil de toile, lit, et une fillette, debout devant une table, lutine le chat qui s'y est juché. Le soleil découpe des espaces lumineux dans la masse d'ombre qu'épandent un frêne pleureur, un sapin et un catalpa. Leur feuillage forme une large frise ornementale dont la couleur évolue d'un froid vert bleuté au vert orangé.

Peinture à l'huile. — Haut., 50 cent. ; Larg., 84 cent.

Signé en bas à gauche.

CARRIÈRE

(1849-1906)

2. Portrait de l'artiste.

Sa tête énergique, tournée vers la gauche, se détache sur un fond marron.

Peinture à l'huile. - Haut., 46 cent. ; Larg., 38 cent.

Signé en bas à gauche.

MANET

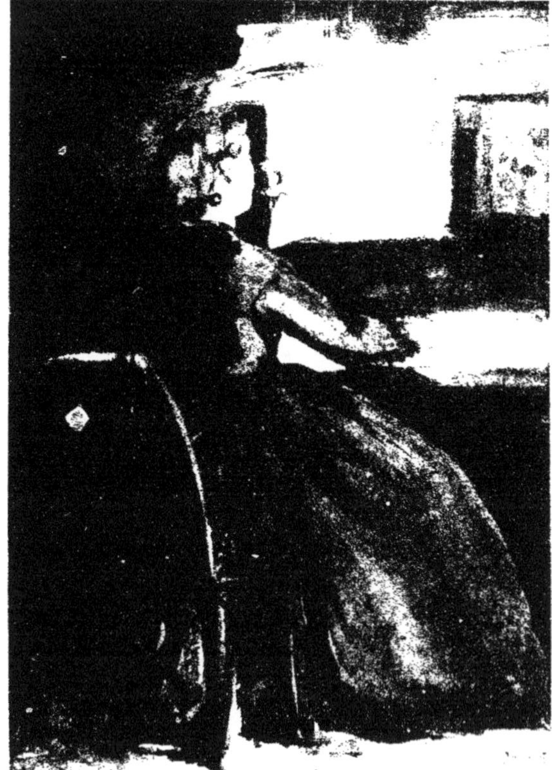

MADAME MANET AU PIANO

Procédé Bernheim Jeune.

CARRIÈRE

PORTRAIT DE L'ARTISTE

CARRIÈRE

PORTRAIT DE L'ARTISTE

MANET

MADAME MANET AU PIANO

Procédé Bernheim Jeune.

MANET

CARRIÈRE

CAILLEBOTTE

(1848-1894)

3. Paysage.

Un chemin bordé de fleurs violettes et blanches serpente à travers des champs rayés de vert, de rose et d'or. Une femme en blanc et rouge se silhouette sur un grand arbre.

Peinture à l'huile. – Haut., 60 cent. ; Larg., 73 cent.

Signé en bas à droite.

CALS

(1810-1880)

4. Paysage.

Un village et ses abords, sous la neige. Un homme chemine, le bâton à la main.

Peinture à l'huile. – Haut., 38 cent. ; Larg., 63 cent.

Signé en bas à gauche. Daté 1865.

CAMOIN

5. La terrasse.

Il pleut. Au premier plan, un toit aménagé en terrasse fleurie, d'où le regard plonge vers un quai parisien et vers la Seine.

Peinture à l'huile. — Haut., 73 cent. ; Larg., 72 cent.

Signé en bas à droite.

**

CLARY

6. Bords de Seine.

Le fleuve coule violâtre. Au fond, des collines, des bouquets d'arbres et des maisons. Au premier plan, des champs.

Peinture à l'huile. — Haut., 45 cent., Larg., 81 cent.

Signé en bas à droite.

LUCIE COUSTURIER

7. Bois de Boulogne.

A droite, un massif d'hortensias roses et un arbre. A gauche, sur le chemin qui longe le lac, une jeune femme et une fillette, en blanc toutes deux.

Peinture à l'huile. — Haut., 47 cent.; Larg., 55 cent

Signé en bas à droite.

CROSS

(1856-1910)

8. La forêt.

Deux blondes sont couchées nues au soleil, dans la clairière. L'une attire vers elle la tête de l'autre, dont la main déjà lui touche le sein. Au fond les rouges troncs décortiqués des chênes-lièges tranchent puissamment sur le feuillage. Ce tableau, qui date de 1907, présente Henri-Edmond Cross avec un égal éclat sous son double aspect de paysagiste et de peintre de figures.

Peinture à l'huile. — Haut., 65 cent.; Larg., 81 cent.

Signé en bas à droite.

DIRIKS

9. Mer calme.

Des barques sous un ciel nuageux.

Peinture à l'huile. — Haut., 90 cent. ; Larg., 1 m. 24.

Signé en bas à droite.

DUFRENOY

10. Le pont Neuf.

A gauche, des piétons, des voitures et un omnibus traversent le fleuve. A droite, une échappée de Seine et les maisons du quai.

Peinture à l'huile. — Haut., 1 mètre ; Larg., 80 cent.

Signé en bas à droite.

DUFRENOY

11. Roses.

Devant un rideau rouge, un pot de céramique bleue rempli de roses rouges et jaunes est posé sur une table couverte d'un tapis beige.

Peinture à l'huile. — Haut., 72 cent. ; Larg., 60 cent.

Signé en bas à droite.

MAURICE DENIS

12. La plage.

Le bord de la mer, où voguent des barques. Des femmes, des fillettes et des enfants se baignent. D'autres sortent de l'eau. A droite, des hommes baignent deux chevaux, l'un blanc, l'autre noir. Des enfants font des pâtés de sable auprès d'un chien assis. Au premier plan deux enfants jouent. Un bébé, qu'une femme est en train d'essuyer tend ses mains vers sa mère qui lui présente le sein, hors du peignoir de bain.

A figuré à l'Exposition Internationale de Bruxelles, 1910.

Peinture à l'huile. — Haut., 1 m. 30 ; Larg., 3 mètres.

Signé en bas à droite. Daté 1903.

MAURICE DENIS

LA PLAGE

Procédé Bernheim Jeune.

MAURICE [illegible]

12. La plage.

Le bord de la [illegible]
femmes, des fillettes [illegible]
D'autres sortent d[illegible]
[illegible]ent deux chevaux [illegible]
font des pâtés d[illegible]
premier plan [illegible]
femme est [illegible]
mère qui [illegible]

A figuré à l'E[illegible]
1910.

Peinture [illegible]

Signé [illegible]

D'ESPAGNAT

13. La lecture sur l'herbe.

Des voiles blanches sur une rivière. Sur la rive, une femme, étendue dans l'herbe, est en train de lire. Une autre, le livre à la main, est allongée auprès d'un enfant rouge et blanc.

Peinture à l'huile. — Haut., 46 cent. ; Larg., 61 cent.

Signé en bas à droite.

GAUGUIN
(1848-1903)

14. Le chaland et la barque.

A gauche, des arbres et la pointe d'une barque tirée dans les herbes de la rive. A droite l'arrière d'un chaland, avec un marinier dont la silhouette se projette sur un nuage blanc.

Peinture à l'huile. — Haut., 31 cent. ; Larg., 47 cent.

Signé à droite. Daté 82.

GAUGUIN

15. Le verger.

Un mur par-dessus lequel passent des branches. Au premier plan, des arbres et des fleurs. A droite, des maisons et une cheminée rouge.

Peinture à l'huile. — Haut., 31 cent.; Larg., 47 cent.

Signé à gauche. Daté 81.

GAUGUIN

16. La Seine.

Des chalands sont amarrés le long des quais, couverts de neige. Dans le fond, un vapeur près du pont. Sur la rive, des gens. Effet crépusculaire.

Peinture à l'huile. — Haut., 65 cent. ; Larg., 90 cent.

Signé en bas à droite Daté 1875.

GIRIEUD

17. Le caleçon rouge.

Nu, sauf ce caleçon, un adolescent est assis par terre, appuyé sur la paume de ses mains. Fond vert et or.

Peinture à l'huile. — Haut., 92 cent. ; Larg., 73 cent.

Signé en bas à droite.

GOYA

(1746-1828)

18. Portrait d'homme.

Vêtu d'une redingote marron à haut col et à boutons de métal, l'homme, la tête de trois quarts, regarde le spectateur. Il a le nez aquilin, l'œil brun, l'oreille petite. Ses favoris en arc de cercle rejoignent presque les commissures des lèvres ; les cheveux balayent de leurs longues mèches onduleuses le front, selon un mouvement auquel se conforment aussi les pointes de la cravate blanche.

Reproduit dans le livre de M. A. F. Calvert, page 153, sous le titre : *Portrait of a Gentleman*. Collection Laparra.

Peinture à l'huile. — Haut., 68 cent. ; Larg., 53 cent.

GOYA

PORTRAIT D'HOMME

Procédé Bernheim Jeune.

GOYA

PORTRAIT D'HOMME

Procédé Bernheim Jeune.

GUÉRIN

19. La promenade.

Dans un parc, une femme en robe verte à volants, promène une fillette habillée de rose, qui tient son cerceau sur l'épaule.

Peinture à l'huile. — Haut., 43 cent. ; Larg., 65 cent.

Signé en bas à gauche.

GUÉRIN

20. Dans les bois.

A gauche, une rousse en costume blanc est assise sous les arbres or, vert et bleu. Une femme nue, en chapeau, est debout, à droite. Une levrette la flaire.

Peinture à l'huile. — Haut., 33 cent. ; Larg., 41 cent.

Signé en bas à gauche.

GUILLAUMIN

21. Saint-Sauves.

Le village, vu de la hauteur, est couvert de neige. Devant un fond de collines blanches, deux maisons de briques rouges et des arbres dénudés.

Peinture à l'huile. — Haut., 54 cent., Larg., 67 cent.

Signé en bas à gauche.
Daté sur le châssis : février 1900.

GUILLAUMIN

22. Le puy Bariou (Crozant).

Un paysage accidenté et boisé avec, à gauche, un grand arbre aux nombreuses ramures.

Peinture à l'huile. — Haut., 54 cent. ; Larg., 65 cent.

Signé en bas à droite.
Daté sur le châssis : décembre 1899.

GUILLAUMIN

LE PUY BARIOU (CROZANT)

Procédé Bernheim Jeune.

GUILLAUMIN

22. Le puy Barriou ...

GUILLAUMIN

GUILLAUMIN

23. Les ruines à Crozant.

Des ruines, dorées par le soleil, au déclin : le pont Brigand ; des peupliers aux feuilles jaunies par l'automne. La rivière se moire de bleus profonds et se tache d'écume.

Peinture à l'huile. — Haut., 60 cent. ; Larg., 73 cent.

Signé en bas à gauche.
Daté sur le châssis : octobre 1896.

GUILLAUMIN

24. L'Yonne à Villeneuve.

Un coude de l'Yonne avec, à droite, une rive plantée d'arbres. De hautes herbes dressent leurs faisceaux sur la rivière.

Peinture à l'huile. — Haut., 55 cent. ; Larg., 65 cent.

Signé en bas à droite.
Daté au verso de la toile : octobre 1902.

GUILLOUX

25. Bords de rivière.

A droite, un chemin est tracé parmi l'herbe et les arbres. A gauche, une maison se reflète dans l'eau.

Peinture à l'huile. — Haut., 35 cent. ; Larg., 30 cent.

Signé en bas à droite.

JONGKIND

(1819-1891)

26. La charrette.

Sur une route ensoleillée, un paysan examine son attelage. A gauche, trois hauts arbres. A droite, une pente verte. Sur la colline du fond, un château blanc.

Aquarelle. — Haut., 17 cent. ; Larg., 26 cent.

Signé en bas à gauche. Daté 1877.

LAPRADE

27. Aux Champs-Elysées.

A droite, auprès d'un bassin entouré de gazon, une femme vue de dos, tenant ouverte une ombrelle blanche bordée de rouge. A gauche, dans la verdure, la façade d'un café-concert.

Peinture à l'huile. — Haut., 46 cent. ; Larg., 55 cent.

Signé en bas à gauche.

LEBASQUE

28. Bords de rivière.

Un enfant en chaperon rouge joue sur un chemin tracé parmi l'herbe, à gauche. A droite une allée d'arbres. Au fond, des collines, des maisons, un pont.

Peinture à l'huile. — Haut., 46 cent. ; Larg., 61 cent.

Signé en bas à gauche.

LE GOUT-GÉRARD

29. Concarneau. La halle aux poissons.

Un grouillement de coiffes blanches et de robes noires. Les marchandes sont assises devant leurs paniers, à droite. A gauche, la halle aux poissons. Des maisons, dans le fond.

Peinture à l'huile. — Haut., 27 cent. ; Larg., 35.

Signé en bas à gauche.

LE GOUT-GÉRARD

30. Coucher de soleil à Concarneau.

L'entrée du port est sillonnée de barques. Sur la jetée, les femmes coiffées de blanc assistent au départ des pêcheurs.

Peinture à l'huile. — Haut., 41 cent. ; Larg., 33 cent.

Signé en bas à droite.

LEMMEN

31. La sieste.

Une femme, en robe de chambre violette, est étendue sur un divan à fleurages verts et roux auprès d'une table couverte d'une nappe blanche.

Peinture à l'huile. -- Haut., 30 cent. ; Larg., 35 cent.

Signé en haut à gauche. Daté 1901.

MANET
(1832-1883)

32. Madame Manet au piano.

Blonde, habillée de noir, elle est vue de dos, assise sur une chaise rouge et joue. Un cahier de musique est ouvert devant elle. D'autres cahiers s'entassent sur le couvercle du piano.

Coll. de Mme Pierre [illegible]

Aquarelle. — Haut., 31 cent. ; Larg., 22 cent.

Signé en bas à droite.

MANET

33. Portrait de femme.

C'est Mme Stanislas Lépine, vue jusqu'aux genoux, assise, la tête de trois quarts, les bras croisés sur la ceinture, chapeau et nœud noirs, collerette blanche, robe bleue.

Peinture à l'huile. — Haut., 32 cent. ; larg., 24 cent.

MANZANA

34. La Seine à Moret.

A gauche, des bateaux amarrés à une rive plantée d'arbres. A droite, sur l'autre rive, des toits rouges sous un ciel moutonneux.

Peinture à l'huile. — Haut., 54 cent. ; Larg., 65 cent.

Signé en bas à gauche. Daté 1903.

MANZANA

35. Bords de rivière.

Des chalands à droite. En arrière, un pont et un aqueduc. Des maisons sur la rive, à gauche.

Peinture à l'huile. — Haut., 54 cent. ; Larg., 65 cent.

Signé en bas à droite. Daté 1901.

MONIER

36. Bords de rivière.

A gauche, une rive plantée d'arbres ; sur l'autre rive, des maisons.

Peinture à l'huile. — Haut., 39 cent. ; Larg., 60 cent.

Signé en bas à gauche. Daté 1900.

MONTICELLI
(1824-1886)

37. Dans les massifs.

Des femmes aux somptueux atours cueillent des fleurs dans un parc ombreux.

Peinture à l'huile. — Haut., 38 cent. ; Larg., 46 cent.

Signé en bas à droite.

PICASSO

38. Le jupon rouge.

Une femme en jupe rouge à pois bleus et corsage bleu ponctué de blanc est assise sur le plancher.

Peinture à l'huile. — Haut., 49 cent. ; Larg., 34 cent.

Signé en bas à droite.

PISSARRO

39. Bords de rivière.

A droite, un homme et une femme se promènent sur la rive herbue. Des maisons sur l'autre rive. Un bateau amarré.

Peinture à l'huile. — Haut., 22 cent. ; Larg., 27 cent.

Signé en bas à gauche. Daté 77.

PISSARRO

40. Le jardin des Tuileries.

Sous un ciel moutonneux, le jardin, vu de quelque fenêtre de la rue de Rivoli, avec ses pelouses, ses fleurs, ses allées et la masse de ses arbres où se mêlent tous les verts du printemps.

Peinture à l'huile. — Haut., 55 cent. ; larg., 65 cent.

Signé à droite. Daté 1900.

PISSARRO

(1830-1903)

41. La rentrée à l'étable.

Une ferme entourée d'arbres. Une femme, en bleu et rouge, ouvre la barrière pour laisser rentrer à la bergerie le troupeau de moutons.

Peinture à l'huile. — Haut., 46 cent. ; Larg., 38 cent.

Signé en bas à droite. Daté 1886.

PISSARRO

LA RENTRÉE A L'ÉTABLE

Procédé Bernheim Jeune.

PISSARRO

LA RENTRÉE A L'ÉTABLE

Procédé Bernheim Jeune.

RANSON
(1861-1909)

42. L'annonciation.

Debout tous deux devant un fond ornemental à motifs de feuilles de marronnier, — la Vierge et l'Ange.

Peinture à l'encaustique. — Haut., 84 cent. ; Larg., 71 cent.

Signé en bas à droite. Daté 95.

K.-X. ROUSSEL

43. Nymphe surprise.

Une nymphe mamelue qui reposait au pied d'un arbre est surprise par un faune. De son bras replié elle se protège le visage. La végétation est luxuriante, l'herbe drue, le ciel limpide.

Peinture à l'huile. — Haut., 50 cent. ; Larg., 73 cent.

Signé en bas à droite.

K.-X. ROUSSEL

44. Confidences.

Pâle ciel matinal. A gauche, une plage et, à droite, la falaise sont séparées du premier plan par une bande de verdure d'où s'élève la silhouette tourmentée de trois arbres. Ce premier plan est occupé par un pré et par deux femmes nues. L'une est assise sur une étoffe lilas. Sa cuisse gauche est étalée dans l'herbe ; son coude est appuyé sur le genou de l'autre jambe, et entre le bras et cette cuisse le sein se profile ; la tête aux lourds cheveux clairs est penchée, et le visage est masqué par l'avant-bras. Vers elle se tourne l'autre, et celle-ci est étendue, sauf que son torse se hausse, supporté par le bras gauche vertical.

Peinture à l'huile. — Haut., 81 cent. ; Larg., 1 m. 16.

Signé en bas à droite.

K.-X. ROUSSEL

45. La liseuse.

Debout, drapée de mauve, une femme aux cheveux noirs lit. Autour d'elle les arbres de Vasouy développent leurs colorations sévères ou délicates et leurs arabesques. Vers la gauche, un tronc rugueux tranche en noir sur le ciel orné de nuages clairs, et par delà le fleuve une colline continue ce paysage virgilien.

(Au verso de cette toile, qui est une des œuvres capitales du peintre, on peut voir un autre tableau que K.-X. Roussel a laissé inachevé après toutefois en avoir tracé et peint l'essentiel. Cette esquisse figure un vieillard obèse et chenu qui s'incline vers le flot de Jouvence qu'épanche une nymphe aux voiles violets. Sur eux les frondaisons d'un grand arbre, et dans le ciel un amour qui vole.)

Peinture à l'huile. — Haut., 1 m. 20 ; Larg., 1 m. 50.

Signé en bas à droite.

K.-X. ROUSSEL

CONFIDENCES

LA LISEUSE

Procédé Bernheim Jeune.

K.-X. ROUSSEL

LA LISEUSE

Procédé Bernheim Jeune

K.-X. ROUSSEL

46. Silène.

Silène se prélasse sur un âne. Des nymphes soutiennent son équilibre. Un enfant nu précède le cortège, qui passe sous un arbre rameux, le long d'une crique méditerranéenne.

Pastel. Haut., 30 cent. ; Larg., 38 cent.

Signé en bas à droite.

K.-X. ROUSSEL

47. Adam et Eve.

L'homme est à demi allongé dans l'herbe, le bras droit tendu vers la pomme qu'Eve lui apporte. Cela se passe dans une prairie un peu fleurie, et des arbres disposent autour de cette scène un ample décor.

Pastel. — Haut., 48 cent. ; Larg., 63 cent.

Signé en bas à gauche.

RENOIR

48. La fille au corset bleu.

Une blonde aux yeux bleus, vue de trois quarts sur un fond jaune.

Pastel. — Haut., 60 cent. ; Larg., 43 cent.

Signé en bas à gauche.

RENOIR

LA FILLE AU CORSET BLEU

Procédé Bernheim Jeune.

RENOIR

LA FILLE AU CORSET BLEU

Procédé Bernheim Jeune.

SEYSSAUD

49. L'étang de Berre.

Devant un fond de montagnes, des maisons entourées d'une barrière s'élèvent au bord de l'étang.

Peinture à l'huile. — Haut., 73 cent. ; Larg., 1 m. 16.

Signé en bas à gauche.

TEN CATE

50. Saardam.

Un voilier sur le canal. A droite, des maisons aux toits rouges et un moulin. A gauche, une rive herbue.

Peinture à l'huile. — Haut., 44 cent. ; Larg., 84 cent.

Signé en bas à droite. Daté 98.

TEN CATE

51. Le moulin.

A l'heure où le soleil se couche, un moulin près d'une maison aux tuiles rouges. Un voilier sur le canal.

Peinture à l'huile. Haut., 41 cent. ; Larg., 33 cent.

Signé en bas à droite. Daté 1900.

VIGNON

52. Pourville.

Une maison rouge sur la falaise broussailleuse. A l'arrière-plan des falaises. Des voiliers, dans le fond, à gauche.

Peinture à l'huile. — Haut., 38 cent. ; Larg., 46 cent.

Signé en bas à gauche. Daté 87.

VIGNON

53. La table de travail.

Une natte au mur. Devant, la table, avec livres, encrier, papier, cire.

Peinture à l'huile. — Haut., 24 cent. ; Larg., 32 cent.

Signé à gauche.

VUILLARD

54. La table fleurie.

Dans un salon, sur une table, un vase de bleuets, de marguerites et de coquelicots. Quelques fleurs gisent sur le tapis rose. En arrière, une longue branche d'églantine trempe dans un vase de verre.

Peinture à l'huile. — Haut., 55 cent. ; Larg. 46 cent.

Signé en bas à gauche. Daté 06.

VUILLARD

55. La dame en noir.

C'est le soir. Une élégante est debout sur un tapis oriental, devant une cheminée où elle s'accoude. Elle constitue avec le décor une forte harmonie de noir, d'or, de rose et de vert dont les éléments se répartissent sur un rideau, un lustre, un canapé, un fauteuil, des tables, une bibliothèque, etc., et sur son costume. Maints tableaux sont accrochés aux murs : cette collectionneuse vit parmi les œuvres de Cézanne, de Toulouse-Lautrec, de Maurice Denis, de Bonnard.

Peinture à l'huile. — Haut., 73 cent. ; Larg., 62 cent.

Signé en bas à droite.

VUILLARD

56. La salle à manger.

Au premier plan, une table ronde. Sur la nappe blanche à raies rouges très distantes, tous les ustensiles et vivres d'un premier déjeuner, et aussi, dans un long pot vert, des fleurs roses aux feuilles abondantes. De face, une dame à robe de chambre de pilou rougeâtre est assise, les mains sur la nappe. Derrière elle, entre deux portes, le mur au papier ponctué de fleurons verts ou bruns, et sur ce mur deux tableaux de Bonnard : une marine, une rue parisienne.

Peinture à l'huile. — Haut., 44 cent. ; Larg., 67 cent.

Signé en bas à droite.

VUILLARD

LA DAME EN NOIR

LA SALLE A MANGER

Procédé Bernheim Jeune.

VUILLARD

57. La nature-morte à la Léda.

Au mur, un bas-relief grec maintenu par deux crampons de fer dont la tache noire accentue des gris précieusement nuancés. Sur une table de sparterie, la Léda d'Aristide Maillol et, contrastant vigoureusement avec l'entour dont la couleur est si tendre, un pot de grès rude et brun d'où s'épanouit en éventail mauve et vert un bouquet aux dures tiges.

Peinture à l'huile. — Haut., 60 cent. ; Larg., 80 cent.

Signé en bas à gauche.

WILDER

58. Environs d'Anvers.

Quatre passants sur une place aux maisons rouges et blanches à pignons.

Peinture à l'huile. — Haut., 54 cent. ; Larg., 65 cent.

Signé en bas à gauche. Daté 1903.